一場雪

詩敲雪月風花夜

蘇白宇 詩集

導讀

從主婦日記寫起

——蘇白宇新詩集《詩敲雪月風花夜》中的四個象限

臺大中文系教授　洪淑苓

初識女詩人蘇白宇（1949-），是在鍾玲、李元貞的女詩人研究論著中。那時白宇的詩集尚未正式出版，只是自費印送，但已經引起研究者的注意。如今白宇整理既有的詩集，正式出版為《詩敲雪月風花夜》蘇白宇新詩集一套四冊，我也就權充早先的讀者與仰慕者，為大家推薦這套別具風格的詩集。

我發現蘇白宇寫詩是從「主婦日記」寫起，但緣於她的才思敏慧，對都市、自然、時間的主題書寫，也展現獨特的想像與思維。以下我就以家庭、都市、自然與時間這四個面向來解讀白宇詩中的敘述主體以及她所關注的主題。

一、主婦的代言人

鍾玲《現代中國繆思》稱許白宇寫出了都市女性的困境，而放棄事業進入家庭主婦的生活，也使得她對傳統女性的處境有極為敏銳的感受。鍾玲還說白宇的詩善於巧喻，但意象迷離，具有女性文體的特徵（第七章第一節）。李元貞《女性詩學》更分析了白宇的〈主婦日記〉，指出詩中的「我」，早已跳脫個人的侷限而變成「我們」，反映主婦的集體形象，刻劃了家庭主婦從事家務時的勞累與心境（頁81）。

我初讀白宇的詩，的確也有類似感觸。譬如〈主婦日記〉：

> 每天把五個人的口糧搬上五樓
> 不知能否算是一種薛西佛斯？

我眼前立刻浮現母親那輩的婦女，她們身兼母職、妻職和為人媳婦的種種負擔，而每天為了柴米油鹽、相夫教子，總是有周旋不盡的人與事。這些週而復始，勞心勞力，且無酬勞的家事，比起那位不斷推著石頭上山，又滾下山來的薛西佛斯，苦工夫毫不遜色。然而，奇妙的是，在此之前沒有人會把主婦生活和神話裡的悲劇英雄連結在一起。這首詩描述照顧一家人的食衣住行，安頓好三個孩子睡覺後，「我」才能稍微喘一口氣：

這才探首長吸一口室外的空氣
恰巧瞥見無寐的姮娥也憑窗
她跟我說寧願作伐桂的吳剛

吳剛伐桂的神話，涵義和薛西佛斯推石頭的象徵類似。這裡用嫦娥來投射自我，而訴說心願「寧願作伐桂的吳剛」，實在非常睿智幽默，儘管這裡面還帶著點辛酸。

家事何其繁瑣？女詩人如何能擺脫女性的宿命？〈主婦日記〉收在白宇自印的第二本詩集《一場雪》，我因此回頭去讀她自印的第一本詩集《待宵草》。

《待宵草》中的〈一天〉，寫的仍是家庭主婦的辛勞，但又加上自我理想的幻滅。詩的開頭寫著，在早晨，她原本充滿期待，想要拿「曙色」這塊布料，裁成美麗的晚禮服——這是譬喻的手法，當一天開始，她本充滿了希望，想要為自己過過充實的一天。然而，當洗衣機轉動，捲起了洗衣粉的泡泡，這泡泡並沒有激起詩人的浪漫聯想，反而必須一邊拿起雞毛撢子掃灰塵，而另一邊又要忙著張羅家人的三餐。菜刀和砧板的剁剁聲，轟隆隆的油煙和噪音，已經把她的氣力和理想消磨殆盡，最後：

這不堪的襤褸，只有
塞入枕中
孵夢

讀到此，我不禁掩卷長歎。一般人只看到文人懷才不遇，或是英雄末路的感慨，然而有智識有才情的女性，她們的理想，或者說是夢想吧，每升起一次希望或鼓起勇氣，便一次又一次被柴米油鹽這些瑣事剝削，最後只能「塞入枕中／孵夢」。就像在《待宵草》第三輯的〈時間〉詩中，詩人向時間之神乞討時間，為的莫不是想要做些有成就感的事。但以家庭主婦鎮日為家人「服務」，時間被切割得很零碎，這實在太難了。因此詩中說屬於文曲星的時間是純金的，因為他要打造一頂桂冠；屬於金童玉女的，則是泥土，可以任意揮霍，隨心捏塑。但是：

我的呢？早給竈神
炊成輕煙縷縷
連魔瓶也收不攏啦

萬般無奈高利乞借
睡神這才吝賜沙漏一個
眼睜睜讓秒分流盡麼？
擊散後能否淘洗出什麼顆粒？
不然堆得沙堡也成
只要日永不出，潮不再漲

文曲星彷彿暗示家中的男主人，金童玉女也可說是暗示家中的子女，他們的時間是寶貴的，或是悠閒的，總之，都可以按照自己的心意去運用。唯有「我」這個家庭主婦，早就把所有時間奉獻給家人，因此被吹成裊裊炊煙。竈神的出現，講的就是家庭主婦在廚房裡耗盡時間和心力。所以儘管到了晚上，千拜託萬拜託，睡神給她一點點時間，讓她還有點兒精力不會睡著，但能否完成什麼作品？她只能戰戰兢兢，努力創造，即使堆出沙堡也成。可是，詩末祈禱「只要日永不出，潮不再漲」，她彷彿也能預見結果，這幾乎是不可能的任務！

白宇十分洞悉女性身為家庭主婦的宿命，但她還是努力表達自己的夢想，希望寫下更多詩篇。另一首〈囚〉，把走入婚姻的女性比喻為囚犯，結婚戒指如同套上手銬，生育兒女如同戴上腳鍊，「叫你在曠野為犯」。而後這些手銬、腳鍊，又轉化為「機關牆」，忽緊忽鬆地宰制了「你」的活動範圍。所幸，還有一個缺口：

最幸運的是：頂上
並沒有第五道牆
只要那方雲天
永在，你甚至無懼風雨

這裡，令人感傷也感動的是，當手銬、腳鍊以及四面牆限制了詩中的「你」，「你」還是不放棄希望，仍然仰望藍天，無懼風雨。

在女性主義思潮盛行之前，白宇已經寫下以女性／主婦為主題的詩篇。她不需吶喊，而是出自親身經驗，但又以巧妙的譬喻，帶著幽默、自我解嘲的方式說出心中的懊惱——但這不是只屬於個人的牢騷，而是傳統女性，宿命、集體的寫照。也許當今的女性面對家務、家庭的負擔已經有減輕或解決的方式，但白宇這些寫於一九八〇年代初（或更早）的作品，反映主婦的心聲，可說為時代留下可貴的見證。

二、都市的速寫者

白宇的詩以抒情為主，大多描寫個人內在心境。但從《待宵草》中的〈塵市〉來看，長達四十二行的篇幅，顯示早期她對都市題材是下過功夫的。

〈塵市〉共十一段，前十段以每段四行的整齊形式呈現，最後才以兩行來收尾。「塵市」的命題有紅塵俗世的涵義，但「塵市」指的就是城市、都市。詩的開頭就點出都市人的生活是通宵達旦的，因此黎明不是一天的開始，「而是／許多夜戰的結束」。詩的第二段繼續描寫，在呵欠連連的情況下，都市的人們開始驅車上班，但所經之處是擁擠而漠然的景象：

排隊擠車過陸橋排隊擠車
喇叭紅燈煞車聲喇叭紅燈
漠然兜圈的鐘
無目的地反覆滴答

整齊而刻意反覆的字句，反映的正是都市人無聊單調的生活。而別出心裁的是，接著就以白老鼠、黃金鼠、鼠籠、餅乾等實驗室的情境，譬喻都市上班族進入公司大樓上班的情形。人可笑的是，人們對自己這般的處境是不知情的，還彼此默默相望，客套寒暄。而公司大樓的另一個景觀是，有嚴格的門禁，因此：

訪客先驗明正身
通過重重電鎖電眼，然後

大家面對螢光牆壁
不思蜀，不思過

電鎖和電眼說明了這是先進的上班大樓，具有現代化、電子化的監視系統。而無論是上班族或是訪客，一旦走入這公司大樓，就被關進了現代化、都市化的牢籠，無法窺見窗外的春天與自然美景，最後是霓虹燈取代了自然。如同詩的最後兩段：

擠得扁扁的太陽，匆匆乘電梯
爬下方方正正的泥灰丘陵
滿臉塗抹，霓虹燈擠眉弄眼
晚霞和星光退去

風也屏息
海鷗不來

太陽搭乘電梯下樓，是個頗新鮮的譬喻，代表時間由黃昏進入夜晚。但這也用來代稱那些上班族，因為他們下了班，又開始另一種五光十色的生活，夜晚變成他們享受生活，卻也是麻痺自己的時間。可以想見，直到黎明即將來臨，這種生活才告結束，然後又是呵欠連連的展開上班、下班的循環。晚霞、星光、風和海鷗，代表大自然，也是自然和都市的對比。

在白宇筆下，「電梯」成為公司大樓的具體象徵。《待宵草》有〈電梯〉一首，寫出都市上班族每日先塞進公車，再登上十三樓的辦公室上班。走出公車，彷彿可以讓人透口氣，但這十三樓的辦公室卻是有空調而無窗，氣氛的緊閉可想而知。更何況，還要隨時注意上司的眼神，不得怠慢。於是，白宇為這個上班族寫下夢境和想像：

每夜每夜，總要夢見那
上上下下開開闔闔不得喘息的電梯
恍惚自己胸前也生出一排圓鈕
任人揿按。也有那麼一次
它突然變成直衝太空的

火箭！

火箭的想像，真是神來之筆！而且打破了上班族的鬱悶，讓人也想直衝太空，獲得自由。《一場雪》也有〈上班〉、〈下班後〉二首，都是對都市上班族的寫照，而且也都有奇特的想像。

〈上班〉首先寫出有個上班族做了劫機夢，「劫機未成而被捕幸好只是／昨夜一場支離破碎的夢」，可見這個上班族多麼想要逃離朝九晚五的上班生活。接著，上班的模式也被形容為搭機離境：

此刻又來到離鄉的出境室
打卡鐘前的大鏡先要驗身
髮梢不宜飛揚少年的壯志
眼底不得瞭望未來的蜃樓
……（略）

通關後隨即就位無窗的艙腸
等速掃描的視線便不再逾界
並無終點的例航將正午折返

上班時不能攜帶各種私人的情感、夢想，在詩的中段還提到，除了公事包，連「走私一顆白雲糖或一縷花香」都不行。無窗的位子，不得越界的視線，更凸顯上班族的苦悶。至於為何「將正午折返」，顯然一去一返，才能回到原點，才能趕得及下班。仍然是單調無聊的上班程式。〈下班後〉則是描寫下班後，把髒衣服丟進洗衣機，然後囫圇吞棗地吃著晚餐，看著已成「舊聞」的電視新聞節目。接著是連續劇、綜藝節目，這些過程，都和最先的洗衣服過程連結在一起，和洗衣、脫水、烘乾的步驟一一對應。最後連熨斗、燙衣服都派上用場：

由不得電腦控制的亂夢
來來回回倒也算是個熨斗

第二天又能平平整整地出門啦

這兩首上班、下班的詩，雖然是寫於一九八〇年代，也許今天21世紀的上班族生活已略有改變，譬如看電視變成滑手機，但上班族單調、鬱卒、刻板循環的感受，恐怕還是一樣的。被視為專職主婦的白宇也許只有短暫的上班族生涯，但無論如何，這些詩中奇思妙想，以及頗為準確的生活境況刻畫，都充分展現白宇敏銳的洞察力和靈動的想像力。讀這幾首詩，讓我聯想到在街頭為人們速寫的畫家，他以簡單的線條勾勒人們的形神。詩人白宇也是，她運用屬於都市、上班族的意象與細節，加上詩意的想像，勾勒了現代都會的景觀。

三、自然的歌詠者

從白宇的四本詩集，還可看到白宇對於大自然的喜好。不只是她自訂的詩集名稱所涉及的風、花、雪、月，星圖、雨景、山水、雲霧、海洋、藍天……等等，都是她描摹與想像的題材，更不用說對於花草植物的喜愛。

短篇者，如《待宵草》的〈散步〉：

無人的山道上
兩隻足梭來回
織就一匹月光華緞
穿綴的流星
是圖案

又如〈河堤上〉：

雖界水平線的危顫
亦有地平線的豪闊
蒼茫野際，我是
月之女神悄然運行

不知人們眼裡，我
是圓是缺或明抑晦？
這絕對的水晶
恆足喜悅的飽滿

這兩首小詩沒有太多的華美修辭，但都寫得晶瑩剔透，星月輝映下，我們彷彿可以看到詩人白宇在曠野間、月光下，瀟灑漫步的姿態，甚至翩翩起舞，成為月光下的女神，甚至也就是月之女神，因為她的步履輕盈，舞姿曼妙，那怡然自在的神色，只有月之女神可以呼應。

篇幅稍長者，則如《一場雪》的〈雪〉，描繪雪的質地與形狀，又以希臘字母Ω、α譬喻，讓人不禁聯想她畢業於「大氣科學」學系的本業。詩一開頭就以「白之最初啊，白之至潔」來形容雪花的美，接著便描述雪花來得快也去得快，因此讓人措手不及，徒留遺憾：

早在冷雨的第一天
他就往虛無的空中

畫出半個「拗美嘎」
審判終結並無由上訴

據白宇自註，「拗美嘎」（Ω）為希臘字母的最後一個，半個Ω是樂曲結束前的指揮手勢。故此處說的即是雪花凝結很快，飄散下來，稍縱即逝，彷彿審判終結，無可上訴。因此，人們更感到惆悵了：

然而你卻闖得太近
正如從遠處不易分辨
揮動的手到底示來抑去
竟誤以為那是「阿爾發」

「阿爾發」（α）是希臘字母的第一個，代表開始。但代表樂曲結束的半個Ω的手勢，卻容易讓人誤解為α，以為雪才剛剛開始下。可是，這一切都是徒然的，因為春天已經降臨，雪也就成了「白之至真啊，白之最後」。用Ω、α做譬喻，真的是太出人意表了，使得詩歌也有科學的思維，這是白宇的獨特之處。

至於對雨的喜愛，尤其處處可見。第三本詩集《昨夜風》卷一，竟一連收錄〈所以成雨〉等九首有關雨的詩。第四本詩集《已殘月》至少也有〈雨恨〉、〈雨滴〉、〈雨針〉、〈雨夜〉、〈夜雨〉等五首和雨有關的詩。若說詩人吟詠風花雪月是常見之事，但對於同一意象、題材，可以反覆歌詠，又多所變化，實在需要功力，由此也可顯現白宇的才情。

先看《昨夜風》的〈一夜雨〉，首段：

這透明的、以全音符
前奏的雨滴，絮絮喋喋
聲聲逐風而輾轉
於燈前反側呢喃了整夜

這一整段可以看做一個長句子，係用似斷似連的句法，把夜雨綿綿，絮絮喋喋、呢喃似的聲音烘托出來。而詩中的主角正聽著這雨聲而徹夜無眠。詩人想的是雨聲可以帶詩人行走天涯，但等到雨滴從葉尖低落，也就斷了這念想。從詩中也可了解，詩人的無眠，是因為在尋覓詩句，雨聲的動靜，牽引了他的思緒。這一夜的雨，最後的結果是：

雷聲隱隱回擊夢窗的清晨
緊切的雨已漸次稀鬆
閃電搶先晨曦照亮了枕邊
不知是誰留下的些許印痕

當黎明來臨，雨聲漸歇，閃電照亮枕邊，詩人聽雨、尋詩，一夜無眠，卻也歷經了一次雨聲的洗禮，體驗了美的感受。

《已殘月》的〈雨針〉算是小型組詩，共有三首，第一首用「抹布」描繪烏雲密布，但很快的下起雨來了，雨腳細如針，白宇又用「亂針走線」來形容。最後這一場雨，下得密集，彷彿一幅「還有油彩泛動」的素畫。第二首用唱片的迴轉，形容雨滴落下，掀起陣陣漣漪的景象。也因此，雨針和唱機的鑽石唱針有了連結，白宇形容連續不斷的雨這樣下著：

好讓後繼的鑽級唱針
能立體環繞高歌
這寥寂的院落

雨聲颯颯，宛如樂曲，但也平添寂寥。到第三首，白宇帶出了這樣的心情：

亙古亙今　點滴終夜
無數層低音盈繞
雖未成篇章的
針葉的雨

終在另一片葉掌上
復刻出失憶的河
且貫穿了某人心頭
甚至還生了根

從「未成篇章的雨」復刻出「失憶的河」，也可略窺其中淒涼的心境。〈雨針〉三首，個別來看，有巧妙的聯想與譬喻，貫串起來看，又是詩人在雨夜聽雨，激發詩意的創作歷程。

在花草樹木方面，在白宇筆下有很多詩篇是寫「草木有情」。《昨夜風》卷三「契闊」，除了最後三首寫蟬和鳥兒，其餘十八首都是寫花木。無論是〈千年之戀〉寫雌雄異株的兩棵垂柳，歷經千年終於在歐洲之土會合，或是〈依依柳〉、〈遲葉〉從古典詩詞而引發創作靈感，寫來都是有情有意。又如〈槁木〉寫枯死的鳳凰木臨死前猶綻放無葉之花，〈古松情〉寫松樹為求生存，自燃以爆裂出松果中的種子，在在顯現白宇對於大自然旺盛生命力的讚嘆。

比較特別的是〈堤外樹〉，從全篇描述來看，和〈槁木〉所描述河邊的那棵鳳凰木是同一棵，但此篇的訴求卻是鳳凰木努力求生，仍然抵不過乾旱至極的噩運，最終還是全株枯死。但白宇要譴責的是：

直到疏鬆的老骨全盤坼崩
最後一縷灰藍的哽咽也消散了
始終都未驚動堤內的一扇窗

最後一句正揭穿了人類的痲木，可說是對「人非草木，孰能無情？」的反諷。

所幸，對於大自然的歌詠仍然是白宇最傾心的事，《昨夜風》的〈深山的知音〉就寫出了大自然的和諧美好。本詩兩段十行，先鋪陳深山密林裡的寂靜，但又蘊藏地衣苔蘚、蟲語風聲的生機，然而一切還是維持著低調的神祕感。進入第二段才豁然開朗：

直到沛然一場解放的大雨
先是溪弦揚起淙淙的彈撥
繼而山崖管風琴共振著瀑鳴

再經八條河道搖滾擴音
全流域的小草盡皆知曉了

大雨穿行，溪流合唱，森林中的各種生物也將獲得雨水滋潤，恰恰造就了生機蓬勃、喜悅和樂的景象。大自然是白宇在現實人生之外可以悠遊的天地，而她時而理性，時而感性的手法，也為大自然創造不同的風情，讓我們驚喜、讚賞。

四、時間的行路人

白宇在第三、四本詩集，開始寫中年況味與老年心境。譬如《昨夜風》卷六題為「桑榆暮景」，其中不少是舊地重遊，回到童少時居住的基隆，就讀過的學校。〈有一天回基隆〉、〈重返半世紀前的國小〉、〈在童年的遊戲區〉、〈女中物亦非〉等，可匯集拼湊出白宇的少女時光。但是此卷中，也有〈墓園盪鞦韆〉、〈廢宅〉這樣充滿低迷頹喪氣氛的作品。〈桑榆暮景〉更以秋分、霜降、小雪和大寒四個節令，對應由中年入老年的感觸。其中有滄海桑田的感慨，也有以為是指甲鬆脫了，卻是假牙脫落的尷尬。白髮如霜，預告即將步入失憶的歲月，似乎惟有「返童」才能找回自我。但白宇又認為一路追溯，也將有力竭之時：

但攀至雲霄已然力竭
那堪負荷光年身外的記憶
只好扔棄一切錯綜的色素
將之全還原為皓白的月光

「皓白的月光」代表最原始純真的顏色，白宇認為真真到了失憶的境地，也只能拋卻一切外在之物，只保留純真潔白的心。

不過這不代表白宇已經「萬事皆休」，因為其後的《已殘月》還是有精彩的詩思與作品。〈共舞〉藉由海中的水母與「無腳的美人魚」跳探戈，翻飛的風與「手足俱缺」的落葉共舞，那麼孤單的「你」呢？白宇這麼寫：

優雅地轉著單人華爾滋

環擁透明的空氣又何妨

這首詩讓我們看見，即使孤單、不全，但白宇仍然看見和諧美好的可能，所以她才會認為單人華爾滋也可跳得優雅，擁抱透明的空氣也無妨，一切盡在我心。

歲月悠悠，白宇已年逾七十，由於一些機緣，我也略知白宇的人生歷程，其中的甘苦，不足為外人道也。《昨夜風》收錄〈接收一間空書房〉略略透露其中辛酸：

離婚後才有「自己的房間」與面山的寶坐。

當女性作家都在引用吳爾芙「自己的房間」時，白宇到何時才擁有這樣的空間與心靈？而〈禮物〉寫的是「再不會收到你祝賀的生日／只能借暖陽熨燙心底的傷皺」，這般傷心的情境下，卻有一隻斑蝶在她身邊環舞久久。於是，白宇騎著腳踏車，逆風在河堤邊閒蕩。她看到美人樹花開了，但花簇與天空之間還有一片殘缺，彷彿天人之間隔著斷橋。白宇此刻浮現的心情是：

仍堅信在第五度空間的你
未忘遙贈媽媽特別的一天

詩的最後兩句才點出這是一個中年喪子的母親，她獨自度過沒有兒子祝賀的生日。她把悲傷隱忍下來，還是相信兒子會記掛著她，飛舞的斑蝶和盛開的美人樹，就是兒子贈送給她特別的生日禮物。讀至此，相信讀者都會泫然。

其實，白宇很少在詩中提及現實生活的景況。譬喻、暗喻、想像，是她慣用的筆法，也是她用以擺脫現實痛苦的方式。從《待宵草》到《已殘月》，其間的人生轉折，總是隱隱約約，很難實指何事。但這也就是白宇的風格，她在意的是自己的詩寫得如何，而別人又會怎樣看待她的詩。我覺得《昨夜風》、《已殘月》會寫到較多的現實感悟，是因為年歲和歷練。當老年的白宇回看過往的人生，她開始有了敘事的寫作型態，以文字來回味童年、少年的時光。如果我們跟著白宇的創作歷程，也可感受到白宇在人生之路的徘徊、踱步，她有憂心的事，但也有在意的事。她有挫折，也有夢想，她始終是在時間的甬道上，行走、前進，朝向自己的目標。所以我說她是「時間的行路人」，她有自己的步調，她是內省內視的人格，以不慌不忙的姿態走在寫作的路上。

白宇《昨夜風》的〈後記〉有云：

許為避免與悲慟面對面，歷經滄桑後，不得不讓自己經常麻木。孤獨的晚年卒愈依賴最高信仰的寧靜大自然。

誠然。大自然是白宇追求解脫和超越的境地，但在心靈上，她更在意詩的創作。《已殘月》的後記〈因為缺月〉表達得很清楚，她希望湊成風、花、雪、月的四本詩集，甚至還想寫一本小說。但她又克謙，自己寫的詩沒人看，只是默默地寫著。不過，畢竟這是她最大心願，所以她也說：

無法找蟲尋花的冷雨夜，閉門也造不了車，禦寒療饑仍須煮幾個字不可啊！那麼便做龜速蝸牛，一分一分地爬，經年累月總能爬上葡萄架吧。

如今，經年累月之後，白宇終於爬上葡萄架——正式出版詩集了。而且這件事緣起於一群臺大畢業學生的熱情，他們為了鼓舞白宇出書，輾轉想了很多方案。最後，由我的同事，臺大中文系教授李惠綿、陳翠英來跟我商談撰寫推薦序。我是白宇的早期讀者與仰慕者，當然一口答應。而且在我印象中，她是那麼溫暖又體貼的人，我曾帶孩子去她家拜訪，她拿著小熊布偶逗著我的孩子。有一次文友餐敘，她還送了我一包豆酥，我從此學會做豆酥鱈魚。

我和白宇，相處的機會有限，但總是有某種緣分牽引著吧。所以我不僅真心推薦，還寫了這麼冗長的一篇導讀推薦序。在此祝賀白宇出版詩集，期盼讀者跟我一起欣賞白宇雋永深刻的詩作。

二〇二二年十二月七日

二〇二三年五月修訂

自序

窮暮逢瀑

旱灼的七月，女兒又將離開臺灣，我也準備重返獨居老人的荒漠。一向寥寂的部落格異常地熱鬧起來，原來是臺大中文系63級的同學來捧場了，遂有一泓甘泉湧現，汩汩至今，甚且成為瀑流。

陳翠英教授雖退休依舊熱忱滿懷，時刻繫念關心著周遭的師友，初識便感受她的體貼入微，她不僅來訪幫我消化了一堆積灰的存書，進而積極建議正式出版。

記得馬森先生曾云：一千個讀者跟一個讀者其實是一樣的，袁瓊瓊說過作品發表直如立下墓碑，所以早習慣自己是唯一的讀者，既享受了覓字的欣悅，又已集印出來作紀念，也就不虛此生。

老來身心俱凝滯，唯有處處想方求簡，多一事不如少一事，但拗不過三位教授的敦促，原本只答應惠綿挪出三分鐘詢問，沒想到一發不可收拾，讓忙碌的李教授為此恐已耗費三十小時了。

擅長下跳棋、總先設想好幾步的李惠綿教授，每一個細節都幫我思慮周全，她說筆名「白雨」沒有「宇」的四方天地，格局變小了；她還把我的名字美詮為「純淨潔白、無塵無染的心靈天地」，於是決定採用原名，反正 Google 那筆名時，全是一位女明星的訊息。

惠綿另提點套書須備總名稱，而且風花雪月應納入書名，雖覺這四個字有點俗氣，討論再三，最後遇到宋代楊公遠這句「詩敲雪月風花夜」，風花和雪月顛倒後，好像沒那麼俗套，也似乎有了新意。

慨允作序的洪淑苓教授詩家則考量既是新詩集，用一句古典詩來當套書名稱，有點不搭，好在聽說它們並非套書，那該不必煩惱了吧。不料編輯還是打算把這句詩印在封面上，想來即便近年時對文字無感，清夜裡我仍喜悠遊古詩詞的靈境，又發現楊公遠號野趣居士，或許跟閒愛晃盪山野的老嫗暗地應和呢！

蘇白宇

目次

卷一　當我行過

卷二 還給海的

卷三 殘局

卷四 深院靜

卷五 登樓

卷一

當我行過

火問

冬夜方凝神爐火躍躍
必剎聲中，猛然
一個疑團急急扣心

想等春臨去問蓓蕾
直到花瓣遍覆大地
一句話依舊盤旋心底

決定改向夏雲打聽
隨著雷雨陣陣灑過
半升的問句復告沉降

也許秋風才知道答案
不料落盡了滿山黃葉
卻吹不開糾結喉頭的言語

還是靜候翌冬雪片來封唇
讓它深深埋葬在
永遠的冰河紀裡

距離

是銀河對岸的兩顆星
連七夕也不屬於他們
偶爾閃爍微弱的光語
在無涯無際的魆黑裡

是兩株垂睫的菩提坐禪
隔著四十米大道的定數
只當夜深人車都絕跡
陣風也許會傳遞葉聲

唉！都錯了。原來
是一顆星和一棵樹
天上人間哪
永永遠遠

交點

不容曲折的人世啊
除非始終相疊
任何兩條直線，只能
只能找到一個交點

因為第一次會遇
也將是最後的追憶
岔路口的匆匆一握
必成愈錯愈闊的訣別

寧願堅持平行的兩岸
永隔著天河脈脈凝望
或謂相逢在無窮遠處
許已是今生的盡頭

之間

橫亙在當中的，究竟
是空間抑或時間？
是萬水還是千山？
是一堵銅牆？是一道竹籬？
也許是深垂戲前的絨幕
也可能是窗後虛掩的紗簾
然而又分明清楚地望見
那麼就是隔音的絕緣玻璃
但確乎一伸手便可及呀

忘了還有裝傻的隱形大氣
定是讓船帆失色的無風帶
或屬於困擾呼吸的缺氧區
難道竟是那危急的電離層?!
否則怎會造成如此艱澀的
不能相逢的對面

電話

那七個早會倒背的數字
只有等你出門的時候
才敢堂皇地急切撥轉
然後慢慢地聆聽：一聲
又一聲——呼救的鈴聲
在你統轄的空間裡
朗讀我窖藏的心事
萬一錯入四次元的世界
那麼你將突然拿起話筒

而我觸雷瞑目之際
你最後的「喂」當恆久迴翔

未寄

假使聽任這紙小舟從我心底
最高崖上的瀑布縱瀉入谷
迂迴過五指山的夾道與縫隙
迢迢遞遞終抵江尾你的孤島
已入海的河水得怎樣艱苦地逆溯
才能還原深山夜瀑的點點滴滴？
那裡晴空的麗日又如何描摹出
此刻燈下窗外風雨一般的思緒？
或許這淺藍的信箋只宜

淡淡飄浮著一行「你好嗎」
像一絲卷雲若無其事
或許為免縛石自沉的結局
還是讓它永泊心頭不要啟航吧

當我行過

甚至，我嫉妒那盞路燈
它理直地站崗巷口
每晚都能譜奏
你歸家的影子

還有那一列茄苳
它們在樓底恣意泛綠
清晨必最先佔有
你憑欄的眼神

而我是錯配的鑰匙
　　喑啞的門鈴
當我冒然行過
這扇固執的緊掩

瘤

初初也只有偶發的微癢
待鏡子指出了額前的突兀
想約莫是顆青春痘吧
擠捏兩三下便可解決的
誰知竟似野草還禍藏著深根
不久且筍般淚後更見茁壯
當疼痛升至無法鎮壓的地步
始決意溯源究柢，終發現
全身的血管都屬支系

而朝暮起伏的心原是指揮本部
這才明白：即使隨砍隨合
月中那桂，還是得伐的

絕症

這不幸罹患絕症的心
確實無藥可救了
請用層層黑暗之冰
將它徹骨地凍結
一如溫柔的荊棘重重
守護睡美人的城堡

解凍總需百年後，那時
或許已有靈藥發明

不然，至少能確定一件事
無論從地角到天涯
都絕不會再遭逢
那想見又怕見的身影

彌留

金烏墜樓時醫生也束手返家了
病床邊只見親友張嘴卻全無聲響
瘦盡了所有的思念之後
猶勉力挽留一絲不確定的氣息
沉重的夜黑已然覆蓋了一切
僅一對眸子還想望斷天涯
迴光的焦點若能燃映他的行裝
那麼，她就沒有任何遺言了

（每晚她都想以病危的金牌
電召他的歸帆。幸虧
慈悲的死神，或許是睡神
終將攜她進入天堂，以及地獄）

仰止

恆誓沉寂，那億載高山
縱有回聲虛應空谷
不過是孤蓬自己的纖影
無所不在的神啊
卻不知何處得覲

每晚向日記告解之後
默數秒分的念珠以神名
把禱祝焚成悠悠一炷馨香

霧繞煙幻恍若神容
然而絕無法企及星辰

一句話

都說冬夜裡的那一句話
不過是零下八十度的寂寞
無意化身的一稜乾冰
置不得常溫，更何堪一握
半霎就會溜成捉不住的煙
須臾之間已透明到全無影蹤

但是你不甘心呀怎麼甘心
硬把它緊緊揣入懷中

隔絕了日子和人群的熱量
再也不顧盼左右的風景
只一意低頭疾走向深山
至終仍堅持那是濃縮的鈾
將有不盡的能，永遠釋放

江心

是他賜飲的還是自己誤飲的呢
彈指間愛麗絲以驟長的碩足
一步就跨上了江心的仙島
霧散後孤零的身軀早已縮回
原來的凡塵或者遺忘的深山
兩岸的轉念都遼遠難及
無渡的急湍該如何泅涉
只好跟空盪的沙洲一起守候

數不盡的日月星辰，直到
一場洪流淹沒天地

結

每小節十二拍壓
好似一根中國絲線
一個手勢竟也能纏繫
複雜奧祕的心結

終其一生，每次心跳
奔騰的血液不得不
迂迴這段溫馨的痛楚
卻不肯設法拆解

一場雪

這無言的一場雪
猶如清晨脆薄的夢
我們必得繼續緊閉雙目
連一根睫毛都不要醒來
才能再溫一回那
不多時就會融化的虛幻
所以我們垂簾閉戶
凍結不易自拔的腳步
始終在雪地的兩極

呵護著冰潔的冬日
更別提堆雪人的遊戲了
因為裝飾的眼珠畢竟是瞎的

傳說

七夕雨竟至於滂沱
幸有翠鵲自西北啣來一則
曾經錯肩而過的星際故事
海上起風啦，且屬中度之颱

想必是一次風中的失速
那天鷹巨翼的末梢才意外
擦傷了隔岸的琴緣
鏗然——斷了，第七根弦

雲錦亦斷了，在機杼間
當織女抬眼向浩瀚的虛空
迎見一瞥輾轉十六年的眸光
怎知牛笛的微息早歷滄桑

再回首已是一劫
好幾億萬年的人間哪

按：天鷹座的牛郎星與天琴座的織女星，相距16光年。
劫是印度的時間單位，相當好幾億萬年。

牽

至今仍繫著夢的，可是
春蠶自縛的那縷痴魂？或是
蜘蛛補綴不了的風中經緯？還是
捨不得分離的藕的空心呢
許是昨日已冷的雨絲吧
不然便是一莖歲月的白髮
反正，斷斷不是那一根
相會千里的紅線

望遠

想念的時候，只能
恨恨地轉身，去吵醒
一條攀雲的山徑

當城市的積木靜疊眼底
煙霾亦幸未橫眉彼丘
不轉睛間，那幢白色的建築
或能淩虛挪近幾公里
好似穿透一具高倍望遠鏡

假使毫不知情的你
也這般與我怔怔面對
還來不及調焦，急伸手
註定要落空，如夜夢的邊陲

攤開紙留下寫實的簡筆吧
遠山無樹，遠水無波
啊！遠人無目

錯差

星鑰也打不開的海門
已然磨滅了，我童稚的足跡
而循環的紋路猶自苦苦尋思
多年前你的一串手語

長安道上的月亮啊
怎會照向眺浪的陽臺
兩面天空君臨的港灣
一個正漲潮，另一個早褪色

初遇旋即永別的那一天
我們分坐在北上南下的車中
隔著兩扇失聲的窗，以及
一場不能追悔的大雨

地老天荒的最後，也許
海和時間都凝固了
我們便都是不移的山
恆久對峙未完成的交響

長隨君

既然不能跟你相逢
又無緣與你同行
那麼，追循你的足跡
或者是唯一的抉擇了

當原野的君影草怯怯地
在風中搖曳蒼白的小鈴
你儘管，儘管邁步往前
一直走向邈遠的大海

而我絕非湘水上的女蘿
從不想近逼如劍如履
但遙望的視線也不願失落
你轉彎的飄飄衣袂

暮煙裡如果你微染倦意
請迴看一眼雲靄盡處
有一張模糊的容顏
總在，總在這裡

卷二

還給海的

壁爐

連守歲的人都入夢了
焦黑的心底只餘一堆灰燼吧
也許還掙扎著最後一星紅光
不甘殉葬而跟黯夜僵持讀秒

天涯的你忽然開門走進來
輕巧溫柔地呵了一口長氣
又不聲不響地添上柴薪
臨終的火苗竟得熾舞暢言

然則你不過想暖一暖自己的手
頂多在旁飲一杯不醉的酒
當你再獨行於風雪的海角
嵌死的道具甚至無法相送

圓

今夜的相遇便牽連一世麼
當幻麗的肥皂泡紛紛飄逝
追隨成串虛渺的音符
還是讓我們故意別過臉去
從此背道天涯如陌路
等分途繞越半個地球的繁華
待各自走完零落的半生
那時即或重逢於深洋的風浪
亦將攜手浮升為永恆之島

名字

起初從筆記的塗鴉中
不經意地冒出來，繼而
躲躲閃閃的那個名字啊
後來只悄悄銘篆於手心
把掌紋刻成新的網路
如今哪要請你用手術刀
沾血簽在我的心上

契

何須調頻又何須調幅
那怕層雲蠻橫地搶遮天空
在夢土的每一個角落
也隨時聽得見星閃的密語
而只要靈犀悄然燭照
即便置身沸騰的街市
照樣能看清大氣的微漣
傳遞著遠人的長思

兩地

彼城的慧燈該已安歇
彼港的郵輪靠岸了嗎
而此屋惦記的燭火不夜
此地無寐的輾轉之舟
只好請星星來領航
逆溯時間奮力去划槳
若達地平線邊緣的南魚
許能趕上太平洋的日出

候

漫漫冬雨已捲簾而去
陽光正彩繪殿堂的長窗
你的使女早就灑掃齋沐
只等你從斷崖的那一頭
越嶺攜著海浪歸來
你將一步一步地踩醒
這通往春天的彎彎小路

爭如不見

年年月月在大洋裡
日日夜夜在心中
洶湧著浪濤的萬語啊
推空排山之後
好容易擠進防波堤
終於挨近岸灘了
卻只沉默地鏝平
每一個企盼的足印
等碎心的浮沫也崩離散去
這才輕吐一句無關的寒暄

月

明晚月亮就要圓到滿分了
是以我們務必在今宵道別
總該留一點點憾恨
讓殘生有所追悔
況且圓，即缺的開始
月出也將一夜遲於一夜
我們的耐心足夠守候到天明嗎
更何忍見我們的愛
那樣地瘦削下去

按：此詩曾蒙周夢蝶前輩書贈。

雪

白之最初啊，白之至潔
本不忍心一絲絲線彩
更不該行至危險的導音
要求解決即成了永訣

早在冷雨的第一天
他就往虛無的空中
畫出半個「拗美嘎」
審判終結並無由上訴

然而你卻闖得太近
正如從遠處不易分辨
揮動的手到底示來抑去
竟誤以為那是「阿爾發」

白之至真啊，白之最後
春天已臨，再溫柔的
雪，也只有黯然消融
唯剛竹常披敦厚之綠

按：α為希臘字母的第一個字母，Ω為最後一個，半個Ω是樂曲結束前的指揮手勢。
剛竹一百二十年方開花一次。

星散

繼續，繼續在虛渺中運行
為了避免撞毀的偏差
我們重新核算引力與距離
各自返航向不同的星系
乾旱的球面連潮汐也不起
遙遠的太空通訊愈來愈稀微
而且充斥著干擾的雜波
最後的道別都留不住餘音

還能孤淒地發光多久呢
在變成白髮蒼蒼的矮星之前

不約

又忘了問清楚，你的窗
究竟開向早晨還是黃昏
打算緊擁漠冬？抑或敞迎喧夏
反正始終阻隔著一座石城
即便這樣神似的掌紋，兩隻手
亦將如相同的磁極必然互斥
我們共有的小小盆景，只能
擺在雲和星之間
總是參商般分頭去澆灌

卻從未合力除過雜草
因此它永遠不肯長大
好在也彷彿不見枯老
設若今晚，我們不約
而在城的兩廂同時失眠
就一起來把這疋遙長的夜
裁製成一件件詩褶吧

無期

水的盡處是天嗎
天的盡處有人麼
日落後星星亦陸續
步下遙遙的海平階
當大地沉入永夜的水球
方舟還來不及打造
只有不停地，不停地泅泳
並再三說服自己：始終
橫斷在眼前，卻隨時挪後的

水天相會的那一條線
也將是，我們重逢的地方

莫思

可思莫思花呀，開在
山後陽光不轉彎的坡上
想念早就認定了南方
然而月已暗星也稀
繞樹千匝的烏鵲，猶未
棲落重逢的枝椏
每一聲啼喚迸裂，都是
拼卻一生華美的煙火
終要絕望地埋葬於夜空

念

人散後未終的曲韻裡
請即深垂隔世的簾幕
連星月也要摒除
再捻熄最後一盞檯燈

現在緩緩地闔攏眼瞼
讓所有的意識和潛意識
匯注於專注的河道去沖激
那身影的中流砥柱

接著選定特大的光圈
撇開前障並曚曨後景
僅留一張容顏明晰
不！只一對溫煦的眼神

也許焦點過分精確吧
桌上尚未著字的信紙
忽地在眼前失火
灼痛了盲夜

信

為什麼總要超重呢
確乎僅短短的一紙
也非一百八十磅模造
綿長的情絕不可言說
言外之意更無從附會
不覺印上的淚早該蒸散
微留皺痕的荒寂行間
沉甸甸的字裡，或竟是
用萬噸黑夜鑄成的心事

佈景

窗眉的那一滴雨，就讓它
如腮邊的一顆情淚
落至半空便一直虛懸吧
屋後的小河也請學峻嶺
把流逝的光影盤坐入定
剛被風掀翻的日記，恰恰
止於乍別的前一頁
所有的連同時間，都要停在
十六分之一秒的這一格

靜默地期待，期待
男主角的到來

誓

的確用盡巧思摺製的
遺忘的誓言啊
這舢可憐的小紙船
在時間的奈何溪中
總是漂不了多遠
轉眼就要解體沉沒
終究是枉費心機的
即使第二次，第三次
先塗上一層防水蠟

還給海的

當晨曦揭穿一切的時分
才忽悟通霄經營的枉然
無論多麼慎重地抉擇篆隸
不管怎樣精心佈設的巧排
終究得委曲那海闊的名字
侷促於方寸的死牢之內
乃毅然磨平這刻愛的印證
棄刀毀石再走向海的邊疆
任潮騷吞噬掉每一聲呼喚

而屢次趕在浪隙的沙灘上
來不及寫完或匆匆題就的
名字，轉眼都一樣了無痕跡

有一個名字

有一個名字
是虛懸心窗的風鈴
每一絲溫柔的拂觸
都惹出無盡的漣漪

有一個名字
是夜半驚夢的雨聲
每一點空階的跫音
都滴成無眠的長夜

有一個名字
是燈火驀然的回首
每一彎街角的悵望
都湧出無端的淚光

附記：這是為劉塞雲教授一九八五年的演唱會所寫的歌詞，由盧炎教授譜曲。

星

當第一顆星悄然亮起
總有幾聲輕喚飄忽耳際
不管此刻的你
浮沉在哪一個角隅
請停下匆匆的腳步
務必溫柔而專注地
仰望那深靜的凝睇
那麼你便會觸及
久遠以前的初遇

初遇的涓涓滴滴啊！終於
終於散落成星斗
漫　天

附記：這本是當歌詞寫的，由張義鷹先生譜曲。

卷二 殘局

日子

兀立不動的山嶽
頂多從灰濛到黛青
因為嵐光或距離
描繪一點點情緒罷了
那時聚時散的雲
是渺渺前生的記憶吧
而白鷺偶一飛掠，則屬
不能盼望的來世

自閉

外面的陽光太刺眼麼
嘿嘿！才不對呢
有一種穴居動物堅決地
宣稱：其實是因為
那個世界太黑暗了

逃

一大早起來，但見
後天，明天，還有今天
三面高牆都砌成天衣了
趕緊回過頭，使勁
撞開昨夜那扇門
挾著尾巴夢遁而去

大寂

這身蜷縮不動的焦炭
一旦遭大寂之劍砍殺
斗室便開始滋生一氧化碳
在昏迷成一具櫻紅的標本以前
趕快放鬆緊絞的拳頭
立刻起身去推出一隙窗縫
透入一絲晚風或者一線路燈
迎進幾句鄰人的電視乃至爭吵
要不微微旋開水龍頭也好
至少會聽見時間的滴漏

鏡

一泓流水彎進小塘
凝止入定以後，連風
亦不得紋其眉
上蒼乃命她平身
從此立為一面鏡子

丈夫要刮頓鬍子，每天清早
赴約前他怒髮自不宜衝冠
繫完女兒從辮到鞋的蝴蝶結

再拭兒子鼻尖的汙泥
也許還有涕淚點滴
至於鄰人的寒暄笑臉
則一一璧還以標準尺寸

等世界也換穿寢袍
子夜鐘鳴十二響
稍一鬆懈，她頓成
皺紋滿面的老婦

主婦日記

每天把五個人的口糧搬上五樓
不知能否算一種薛西佛斯？
無底的冰箱和胃袋是難饜之饕
吸墨的衣襪則如野草日日沐春風
還有兆億塵粒以等比級數在繁殖
一雙螳臂該撐到那一層極限？
不周山原來像矮於身高的屋頂
稍一閃神便折斷天柱缺了地維
瞧瞧電燈才復明水龍頭又滴漏不停

可不是老三剛退燒老二就鬧牙疼
那美麗的五色石只好晝夜趕煉
三分的人生早已註定了等於
一個永不止息的循環小數
零點三三三三三三三……
迨更深三小終告排成端正的品字
這才探首長吸一口室外的空氣
恰巧瞥見無寐的姮娥也憑窗
她跟我說寧願作伐桂的吳剛

荒原

等一封信箋泊入郵箱
如空山株待一朵停雲
等一聲電話刺破稠夜
如寒天苦候一顆流星
等盡了無數的明天
等完了長長的一生

連驛站也未設
連過客也不經

絕望的荒原啊
只有烈日跟風沙
只有淩雨和頑石
只有永不止息的
等　與待

宿疾

這無以名之的老毛病
它間歇的發作，好像
跟天氣有一點關聯
例如風絲兒總要牽腸
透明的雨滴竟會穿心
雲霧頂愛讓白血球迷路
月光常潑濺得皮膚過敏
隱隱雷聲不巧又擊中肋骨
出海的高壓最擅長渡淚

初春才露臉就能引起燙傷
溼冬的關節難免聚生苔蘚
大概也不至於形成癌瘤吧
只不過還沒有藥物可治

四月冬

連天氣也過愚人節嗎
薄情的溫度計凝滯於刻度十
從印度之旅回到西門町
心底已留不住一絲餘溫

然而冬裝早就下市了
穿著大衣逛春天的櫥窗
好似一個隔世的失意者
舉目卻見他人皆成雙

無論鮮綠、嫩黃或豔紅
即使標了價的輕盈花俏
也如歲月的交易一般艱難
臃腫的中年只宜啊深素裹之

年少的枝葉儘可以任意參差
花朵的配飾當有權東怒西綻
而立以後，得處處講究平衡
心思亦簡淨，方能追求不惑

驀地叫你回首的怎會是燈火？
不過是騎樓邊的算命攤

他堅稱你的神色含變
他願對折指引太歲當頭的牛運

反正一切結果都是註定的
信奉印度教的老教授剛剛說過
區區百元又豈能換購命運？
什麼都不必吧！你轉身回家

心針

透明的玻璃也罷
或者一張夜黑的厚紙
即使隔著絕緣物
這枚繡花針，終究
只能遵循磁鐵的足跡
更無所逃於那
充塞天地的大磁場
唯一的生路也許得
投入真空迴旋加速器

撞掉心上多餘的電荷
變作頑石還是枯木
永遠脫離牽扯的鐵族

晚炊

當斜長的影子也悉數被收回
黃昏的空氣便隱隱開始蠢動
迴光和感覺一起發酵啊膨脹
且專心去撈洗一秒秒的豆子
精細地把時間切絲或剁碎
剩下的若不能傾盆倒掉
就一股腦兒全丟進油鍋裡吧
而炊煙猶如藤蔓不安的觸鬚
往龐大的天空徒然尋求攀附

到屋頂叫小孩吃晚飯的時候
看見西北的浮雲由酣紅
轉悒紫，倏忽即灰暗下來
一枚新月已悄悄在日夜之間
撇出一個分手的逗點
還沒上妝的清顏，像誰
像誰茫寞的眼神

孤注

只因撐不起那一宇冬夜
才尋燈就火捲入此局的吧
偶爾拈來小小一注微笑
或能回收一個會心的眼神
撥弄幾句非花非霧的對話
或可懸架一段共鳴的吊橋
更要適時地斷然抽身
方能釀製一罈念酒
單醺醉一季也不致落荒

你卻妄想贏得全世界！
而莊家豈肯洩漏一絲天機？
他向來穩妥地掛著命運的臉譜
沼陷已深的賭客從聽不見
黑帘外晨曦再三的忠告
你照舊迷信這不祥的數字
你不該押下一顆無備的赤心
你又過早掀開自己的底牌
必輸之賭啊！如輪盤的無情

殘局

這起跑點便大失公允
卒子不能回顧易水寒
佔位的笨象且跛著腳
砲彈僅餘一發了
開火的靠臺又不好找
若有車馬也早帶憊色
蓮步的仕女無非想
扇遮最後的矜持
一日只剩卻將帥

隔著那條悽楚的界河
為免一死一重傷的慘劇
還是得左躲右閃
永不照面，就算和局吧

切點

只要謹速慎行，即使自由車
也安穩地繞過半個圓周了
這天來到命運的切點
偶一抬頭，剛好瞥見
木棉花橙烈呀迎面剖心
遂起意追逐春日的風
如流星沿著切線飛去
恰恰追及一個突然旋身的行人
為了不讓他受到任何一點擦傷

情急下偏向左邊的大卡車……
唯有外科醫生的慧劍才能
斬釘截鐵地了斷碎肢
緩緩甦醒後的殘生
終得熟習那一段空盪

釣——自嘲寫詩

他們說：水清即無魚。
所以得趁著風高雨厚
甩出筆桿那一端的長線
然後跟時間久久僵持
倘若情已盡酒杯也空
不妨挑一個部首作餌
字海裡保證會引來一串
頭尾相銜的長帶魚
只是當心弦真的開始抖動

又不忍眼看那些斑爛
離水後終成翻著肚白的
腥屍

故鄉

每聞鄉音，心底便湧動著
一首熟稔卻唱不出的歌
浩蕩的旋律乃如海的洞庭
潭映鐘的傳說是爸爸填的詞
媽媽則愛哼雪的副歌
還有梳理月光的柳絲
反覆撥弄著村溪的和弦
然而我從不曾親炙故土
恰似無法目睹阻絕的歷史

倘若走得進不再平面的地圖
就一樹辣椒亦欣然吞下

按：媽媽常戲語：湖南「門口」有人把守著，吃得下一根辣椒的人才准進入。

生生

前世無疑是個恍惚的學童
因而別人都放學回家了
獨有你被留在這一輩子
要罰寫三萬遍「日」字
不到一平方厘米的半邊田
分作上午和下午兩個囚室
大小相若，四壁空白也略同
偶而夕暮的迴光裡隱現過海市
明天照舊得正楷不苟的四筆

草草快塗的開門的房子可不合格
象形的圓屋依然是密閉的循環
只好讓中心的靈魂出竅去
神遊幾番後，來生再加倍地罰寫

山的那一邊

據說婚後的女子若非菟絲
最多也是一棵定植的矮樹
等兒女接踵出世，就只能
像越埋越深的煤礦了

在山群柵繞的盆地角隅
偶然抬眼天際，也想問一問
浪跡的行雲或者飛鳥
山的那一邊，究竟有些什麼

也曾背負老二牽著老大
攀至山腰便不得不折返
跟著老三教會她俯首的新義
從此不想看山也再不望天了

多年後三小的翅膀已稍硬
這日連卡通的晚餐都告遲誤
進門的忐忑掩不住驕傲的泥塵
他們宣稱爬上了一個山頭

回頭一瞥陽臺外的暮色
驟然記起一枚海底的珠貝

忘了責罵她只急切地追問：
「山那邊，你們看見什麼？」

「有很多房子」兄弟倆不加思索
「有一些樹」小妹想了一下
「還有呢？」她掙扎著不甘沒頂
「沒有啦！」他們異口同聲

卷四

深院靜

大暑

這浩瀚的沙海喲
與晴空怎樣相看也不厭
他們交織的目光便點燃了
后羿都射不完的太陽
不宜築路又沒駱駝的絕域
掙扎的左腳必會把右腳踩陷
乃至沒頂於十九層地獄
偶爾風來卻搧得火浪愈旺
唯一的綠又滿身帶刺

難得一朵小雲不過跑個龍套
黃昏時蜃樓乍現復逝後
還得泅越夜之鹹水湖
蒸騰的地平線盡處
究竟是不是大草原呢

入秋

北方的七顆星，悄悄
移轉了勺柄的角度
無終的故事也入秋了
已涼夜，無袖的寒臂
只能反擁自己的體溫

曾經珍藏的信札
一葉一葉在風中
飛散泛黃的記憶
最後飄零的寸箋，大概是伊
最初留下的地址和簽名吧

手相

辯論了整整一個夏季
麻雀跟蟬的長舌都成辮了
關於這片楓葉的掌紋哪
露珠和雨滴也一次又一次
用放大鏡考察其端倪
篤定的風逕自踱他的方步
從來都不想去打探究竟
反正她終歸要邀請他
共舞那最後一曲探戈

削髮記

名為夏的那個負心漢
連珍重都不肯道一聲
便跨上白駒揚長去了
一夜之間，根生的弱椷
愁急煎熬成滿頭燙金
漸漸地，簪亦不勝了
乃決定落盡三千煩惱
入冬庵為尼

陷

立冬後，記憶的湖水
總算凝咽了薄薄
一層哄人的冰面

以為可以走向對岸
還穿了刀鞋，怎知
連一個弧都畫不完
便再度沉入
不復的萬劫

煙

當慌了神的北風
搜遍空洞的枝椏
也找不著掉落的昨天
你呵寫在凍窗上的想念
又逐漸濛霧而淡出
乃轉身拾聚往事的溼材
妄圖取暖，你倉卒引火
濃煙啊只燻得兩眶急淚

發表於《聯合文學》17期「冬之詩」之二

又一年

今年的梅雨稍遲，可並沒有爽約
自以為是折罪麼？潑辣地連番傾盆
怎麼就學不會杏雨的若無還溼
跟著盆裡的繡球便起意萌動了
芽苞妥藏在葉心，至初猶粉綠近白
後來竟一股腦兒攤出一百張牌
而且是未雲的，勿忘我的藍色
這樣撐持到六月，雨都慵慵地遠去
不肯認輸的花容終究顯出淤紫

早該生如朝顏，只一笑即於夕暮委地
入夜後星空依時比鄰著天蠍與天秤
有一個人，唉！聽說
是回來了

湖畔

折柳的人影，已然
一寸一分地，消逝
天邊。一縷弱枝唯有俯首
垂聽——細心的縠紋
傳來的彼岸訊息
一瓣墜風的桃花說：春天
怎樣也挽留不住的

海邊

南風搭乘早班的雲
匆匆先走了一步
海浪趕到的時候
偌大的沙灘留言板上
也找不著片語隻字
只見提琴蟹橫其槊
悠悠譜一闋輓歌

林間

不巧棄留在密林深處
那些去年遺忘的足跡
再也濺不到一滴陽光
而墨綠的夜色愈調愈濃
寂靜的菌絲又迅速繁殖
終於厚裹著苔蘚的袍掛
碑立成一列黯然的滄石

彎潭

溪水日夜不停地趕著路
誰都以為大海是她的終篇
慷慨借道的山也從不懷疑
何曾留意她迴顧的心思
屢次彎繞的眼眸依依
而只要能拐入一道窪谷
她便趕緊駐足成深潭
好永遠竊映青峰的影子

方塘

天空那裡會在意
他無心描繪在半畝裡的
千萬分之一的影子
到黃昏釣者終要頹然擲竿
因為眾餌皆誘不上一尾白雲
至於折翼的葉子，最後
只有選擇投水一途
方得葬身虛幻的穹蒼

濱

一遍復一遍啊
滿懷心事的大海
以蜂擁的浪潮
問了又問又再問
岬角的板岩依舊
不峻拒也不點頭
只留下遺恨的貝殼
都讓不知情的孩童
揀盡了每一個黃昏

無痕

如今那無辜的漂石
已深葬在湖底了
仰首唯見月顏清圓
何嘗有一點點蝕影？
見證的雲早就飄逝
五節芒在風中堅持沉默

那白石確曾反跳過七次
佇立樹梢的鷺鷥也是目擊者

但牠比頑童還先逃離現場
湖邊的石子少了一顆嗎？
或如某夜明滅夢裡的巫花
止一個人心底知曉

深院靜

重門深掩的小小院落
終夏只日影靜靜游移
秋後枯葉便如雪積覆
忍過寂寥的冬日
仙客依然不來
風信子也全無訊息
莫如淺鑿一汪池沼
臨涘栽著水仙
好讓春天攬鏡自憐

傾城

正當風的謠言四起
先馳的霞隊蒙蔽了雷達幕
月亮的銀翼乃悄然飛臨
一批星星傘兵隨即空降
趁著睡意漲潮的時分
玄夜以迅雷之姿搶灘
夢又攀著雲梯翻過高牆
就這樣，心無寸縷的人們
一個個不由自主地繳了械

回聲

更深已若一口枯竭的井
困坐寂歷的雲乃推開
天窗，引吭高唱出幾節
雨，緊自敲扣著夢扉

歌聲方止，隨即
一條河沛然成章
無邊的回聲遂終夜
迴繞不寐的孤枕

及至晨光收攏為一篇霧
徬徨水面遲遲都不肯離去
依稀仍傳來那場宿雨的
回聲的回聲

黃昏星

又暖又冷，也輕柔也凝重
恍若第一片雪的飄飛
還如初綻的薔薇
是獨佔的繁盛哪
你不敢，不敢抬頭
面對那樣寂寞
那樣企盼的眼神
既無法追隨引領之燈
走入更純淨的黑域

只有背地裡深念祝福
重回首已然星海茫茫
辨不清天街盡處的側影

啟明星

他正懊悔來得太遲
眼看夜就要落幕了
再怎樣堅持最大的亮度
終究敵不過一道晨曦

幸而她及時趕到
當她擺脫夢魘的糾纏
站在塵世的屋脊，揮手
向東南，縱然遙會苦短
他是此刻天際的唯一
他是今日華美的啟航

昨夜

趁著清風掀開簾角
月光趕緊閃入繡房
在伊素淨的枕面
寫了一帖「無題」
詩末並沒有署名

今朝伊醒來的時候
恍惚記起夢裡的微醺
但不知要用水

還是火，才能參透
已失痕的玄機

露

夢猶未醒的星星
紛紛跳樓自盡了
幽魂向曉便都凝佇在
戀戀的草葉唇尖
長長的吻別啊
當掩護的癡霧也散盡
初陽裡晶瑩的最後一滴
淚，定然是詩末可有
可無的，句點

霧

白色的夜啊
被蒙住臉的山，頓時
失色也叫不出聲

咫尺都成了——天涯
四大皆空裡，也許
只剩自己合什的手

一筆勾銷了？所有的出路

原來早匯流為無際之海
要等太陽來撕破這茫

雨日

木麻黃掩著面紗
飲泣，在雨中
萬物的輪廓都成虛線
傘再執著如許
憑空的軌跡何能
劃分冷暖、天地與愛怨？

那麼房子該是確立的落實
而不溼衣的簷滴

卻恁般沾心
千種情緒遂悄據屋角
張結為蛛網

在綠島

算不上天涯吧！這兒
許是海角一點小小的遺恨
或者島心的監獄可以囚梏
一些惡性重大的思緒，或者
所思還如望不盡的海藍
絕無縫隙地環擁著
每一塊岸礁，每一寸灘線

＊　＊　＊

烈日浴血後雲浪終皆墨
那隻山羊的眺望也給圈住了
入夜的海堤獨剩下我
關掉畫面的藍調只聽得濤聲絮絮
幸好星星全軍都出列了
盔甲閃亮任燈塔的光束來回檢閱
倏忽明滅的是一顆流星？
還是，還是誰的眼睛？
來不及看清哪，更遑論許願
哼過小夜曲我也該回欄了

卷五

登樓

公寓植物抽樣

一、變葉

為了舔到一殘匙陽光
向簷外，那枚卵形葉
將舌信越吐越長
終於狹窄鋒銳如
一把出鞘劍

二、斜幹

還不滿兩歲的幼楓
一根主軸已偏離盆心
歪在雲天那個象限
略似中風的模樣
——也許只是想收聽
季節的跫音

三、旋轉花

早晨我走進陽臺教室
難得已到了不少花童

然而他們只肯以背影相贈
細長的頸子一齊伸出鐵窗
我硬把盆椅都轉了向
才勉強收攏一些視線
等我反身寫好黑板
那群花容早扭過頭去
原來他們跟我一樣，都喜歡
呆看窗外不是風景的風景

四、垂枝

在樓頂吸食過量風霜的瘦枝
好容易越過垣牆以後

忽然放棄了抓舉天空之志
從絕處開始向下倒長
可能要代替懸空的根
追求一片泥土

發表於《創世紀》詩刊第65期，後收入《七十三年詩選》及一九九四年出版的《創世紀詩選》第二集。

雞犬相聞

雞

跟著阿媽風光地北上後
碩果僅存的一隻小公雞
暫時得緩刑於公寓屋頂
一個廢棄已久的狗屋內
不消三番呵斥與責打
死角裡很快就逼出了啞默
每天清晨只學向日葵那樣
在四分之一的天空象限裏

以目光追隨鴿群的飛翔
掙扎幾下黏滯的雙翼

幸抑或不幸，這歲暮的寒曉
星星猶疏淡裝點的東方
赫然勾出了一撇下弦
按捺不住的啼聲也衝冠了
正兀自回味那無恙的嘹亮
竟有一句唱和的鄉音傳來，真的
真的不是回聲，在無親的異國
確實奇蹟般苟活著一個同族
於是他倆暢快地對嘯起來

犬

那精瘦的篤賓誠列級愛犬
鞋櫃旁他的家頗似大鳥籠
公寓三樓的陽臺便是庭院了
入秋他還套著花格子背心
幸福只差一臺原地跑步機
跟他休戚相關的最是小主人
一個不准爬桌一個不許蹦跳
最好她不會哭他不要吠
午覺睡掉白天就沒那麼長
狹巷裡至少流動著一些空氣

但與盆花排排坐等黃昏的紓解
早晚各一回，散步當然是其次
一路上同族的招呼更屬驚鴻
最怕星期日苦候晏起的釋放
若和小主人夢中一樣出了岔
陪她挨打或者被發配邊遠
反正，什麼都由不得自己

相聞

除夕子夜的鞭炮沸騰過後
那不曾晤面的知音也如煙逝
像索寞的演奏家塵封了樂器

公雞再度自閉於死囚的大牢
俯首靜聆命運的跫音之際
偶爾辨出一種壓抑的悲鳴
到底是最近的非人類的語言啊
不知不覺開始毋庸翻譯的對答
當雞鳴狗吠不定時地點綴公寓
豈非洞簫與鋼琴相諧的盛世？

蟬

漫漫十七年的修行
在未識風日的地穴中
每一次蛻下的袈裟
且能療治世間諸疾苦
緣何爬上不著天的樹幹呢
清晨的迸裂始自頭胸
揚棄了那襲無塵衣
乃羽化成一翩翩少年
恨不得掏出肺腑啊

焦灼地散播驚人之鳴
十七天就嘶盡了壯志豪情
而所謂尋遍山林的知音
不過是匆匆一刻的夫妻
霎時，所有的悲歡
復歸於土

按：蟬的若蟲期有長達十七年者，成蟲期約二至四週。蟬蛻可入藥，適內外諸症。

蠶

自君別後的小女子
只活在一片桑葉裡
朝暮但機械地
啃齧著一種慘綠
等無法屈伸的皮面
也掩不住虛填的軀囊
便開始絕食的長眠
不得不醒來的時候
換穿的還是那色素衣

這樣循環了幾回
最後索性把念絲嘔盡
從此蛹臥於永夜之墓
又何必破繭作
影單的蛾

按：兒女曾飼一仙蠶，始終未破繭。

鏡花

灰舊的午後，無風的秋日
一男子在案旁覓尋水仙
厭膩了便燃起一根香菸
看霧捲鏡外鏡裡都纏綿
只因起身開窗勻出的空間
背後的一朵紅玫瑰，赫然
於鏡中綻現繁複的笑容
那笑容逐漸激成漩渦啦
暈眩的男子禁不住傾前

熱吻絕無虞凸刺的虛像
又是因為角度的偏差
他只吻著了冰冷的玻璃
鏡面的塵埃，以及
顛倒的自己

水月

曇花謝了以後，那女子
便夜夜到溪邊去浣紗
轉而移情天上的皎潔
十五之月慷慨地交付一千張
瀲灩水中的碎片——
得先完成這一幅拼圖！
她細細琢磨至每個黎明
耐心地一直拼到了白頭
卻始終湊不出一個完整的圓

那裏知道透過流水的複印
連影子都是變了形的

島

天空和海洋
那兩個鬱藍的碩圓
在寂寞的邊緣
總算觸生了這個
比切點稍大的交集

負負必得正麼？
風太烈了呀，從早到晚
海天爭相在此傾訴

唇乾舌焦的土地，頂多
長出一些短草吧

唉！任何數乘以零
只能等於零

防己科植物

直立的樹跟人一樣累
所以我們擇棲若爬蟲
何須借用卷鬚的繩索
不論在灌木林中伸竄
或者犁離一片峭壁
步步穩紮便無虞失足
莫忘貼緣匍匐攀進
就不必驚見自己的影子
連脖頸也不可撐起

才能安然穿過火網
以低姿勢橫佔沙灘
任陽光熾烈，岩礫冷峻
隨風去東搖西撼吧
我們的家早已遍佈九垓

給新娘

戀人的舴艋載得動世界
因為它僅穿梭明月和清風
泛舟的湖鏡只映霞影與山光
暗流跟崎嶇都在水銀的背面

揭去面紗、刮掉濃妝之後
日子從此是戲散的後臺默對
鞭炮的硝煙早淡入大氣
送行的賓客頂多到山腳止步

這回可是登山了
山中絕不能夢想康莊
既乏經驗又沒有嚮導
孤單的妳唯有緊捏一張地圖

這張地圖繪製於某年春天
未料夏季野草長得太快
還有秋來的落葉以及冬雪
都會掩覆那唯一的小徑

猶疑間暮色已挾雲逼聚
必然的黑夜或者突變的天候

就躲在樹叢裏窺伺
但不知天上的星辰
是否永恆的方位

血誕

住在水晶屋抑或玻璃棺裡
那個青春長駐的洋娃娃
一手撐著不必遮雨的小花傘
一手微提不起皺的免洗蓬裙
不食煙火且不沾滴水
無虞失眠當然也無夢
永遠保持十五度的微笑唇弧
長睫下從未流淚的嬰瞳
終日眨也不眨地漠對

並無新事的框內街景
這天一個小小孩橫闖入鏡
執意要撿拾馬路中央的滾球
又有一輛快車直衝過來
而畫面卻無法停格……
奮力擊破玻璃的一剎那
纖纖布手竟開始汩血
從此她得著了生命

她的池塘

又不能起伏大海的呼吸
就成天映照雲天的虛無麼
為看漣漪不斷遞補同心圓
已扔盡了塘邊的石子
遂決定養幾隻聒噪的小鴨
游來游去波畫便常變幻
等他們展天鵝之翼飛去
僵硬的關節早極畏寒
再不敢親手抖亂這池死水

風啊請不停，不停地吹
以免靜靜的日子數清楚
她的白髮和皺紋

上班

劫機未成而被捕幸好只是
昨夜一場支離模糊的夢
此刻又來到離鄉的出境室
打卡鐘前的大鏡先要驗身
髮梢不宜飛揚少年的壯志
眼底不得瞭望未來的蜃樓
眉間不許暗鎖病憂的餘緒
嘴角不可牽懸么女的嬌嚀
除了戀火的手槍和炸藥

方正的公事包當然也不能
走私一顆白雲糖或一縷花香
更別想夾帶一頁藍天與風紋
通關後隨即就位無窗的艙腸
等速掃描的視線便不再逾界
並無終點的例航將正午折返

下班後

每天從辦公室拖回家的髒衣
照例丟進各報舊新聞的漩渦中
囫圇和著晚餐的肥皂泡
全自動洗清塵市的斑斑點點
再塞入連續劇的脫水槽裡
快速地絞盡所有的淚滴
誰等得及明朝靠不住的太陽
用綜藝馬上烘乾多麼方便
螢光幕起皺以前就拔掉今天吧

由不得電腦控制的亂夢
來來回回倒也算是個熨斗
第二天又能平平整整地出門啦

不倒翁

蛋殼尖的這頭可要保持完整
假髮也不必黏裝了
濯濯童山正好匹配童顏
那團臉總該白皙油亮且無皺
當雙眼瞇瞇笑若彌勒佛
雙下巴即代表財富重重
偶爾打躬的手向來藏在袖裡
沒聽說畫蛇還要添足的
反正諸事自有屬下去跑腿

上轎車都能由人搬運
頂忙的一張嘴發號施令以外
還得吞進滿漢全席
撐到能行船的大肚
把重心降至最低處
方成其為不倒之翁

圓寂——觀雲門「涅槃」之隨想

絕世的墓門乍啟
一道光是脅迫的點魂術
趨趕木乃伊逐一重返人間
蹣跚地踩踏著自己
影子鋪成的奈何路

從屍衣破繭而出
第二度誕生的泣嬰
在血泊中掙舉希望

迴旋於五光十色之誘
不過一片桑葉的巧裝

無骨的蠶又無寸鐵
防彈衣擋不住病老
小帳篷正醞釀風暴
也許人該倒修蛾的一生
待縮至蟻黑返卵
是謂不滅的圓寂

三態

固體

就是擠來擠去的
橫豎在世間，已確實
佔領了一個位子
也甭費心裝點門面啦
最後總能落得不移的
全屍

氣體

任何山寨皆可縮身投靠
不然自闖江湖也成
現場來去終歸一陣風
只要不輕易沾味染色
便鬼神亦難察其指紋
萬萬一不幸被囚於瓶中千年
拔塞半秒後，立刻又吹脹為
天地間一條好漢

液體

既不會隱身又不能屈伸
還無法認清自己的形像
今天扮成細頸的美人
明天化為大肚的富商
若使性必弄得零落一地
幸而聚眾登高如水者
也只有順著命運的下坡路
一去便回不了頭

下一秒鐘

清晨剛浸洗過潤膚的露珠
正以明燦的歡顏迎向晴空
和著風之節拍搖曳款擺的
這一片錯生的小黃花啊
並　不　知　道
斷頭的刈草鍘刀已然磨銳
始終排著隊絕不恐後爭先
相逢時總紳士地打個招呼

正午的炎陽下猶勤奮工作的
這一列無影的小螞蟻啊
從 沒 想 過
盲睛的巨足坦克即將輾踏

當疏慵的斜暉輕攬紅磚
一群連跑帶跳的學童
一批回家吃晚飯的爸爸
以及一些盛裝赴約的女子
都 未 料 到
夷地的轟炸機就要凌空

時間與空間

一

被時間，一步
一步，圍逼
成陷阱的空間啊
既是頸間愈扣愈緊的
繩勒，當它反手一鬆
又曠為荒涼的月世界

二

因為鎮神驟然撤壓而
猛地暴漲的空間
就要大舉氾濫了
多隙的時間沙堤，得趕快
用忙碌的水泥混凝俗務的石塊
砌就攔截的高枕
乃　無　夢

三

莫任時間咬著自己的尾巴

在空屋內兜繞
別勉強空間違抗重力
去搶攀分秒的煙梯
只要揪時間為經，踩空間成緯
交織完密阻隔的簾幕
且永不企圖窺探
天空的背面

諦

星空的密碼誰解？
只有那硬要直視太陽而
失明的天使
才能清朗地摸透
這本點字的大書

誰走得出薔薇的迷宮？
只有那堅拒轉彎而
碎骨的信徒

才能伏地嗅穿
這疑陣的玄機

無題

這是一門必修課嗎
又非得考試不可麼
那千萬千萬別出申論題喲
耗盡一生也說不成正果的
至於填幾個字到括弧裡嘛
該如何上窮碧落下黃泉呢
或許單選數碼可閉目求籤
但西天路口的燈號常故障哩
是非題總只消二挑一吧

怎知灰霧會倒扣為負分
哎呀呀！下課鈴已經響嘍
趕快每人發一張白紙
大家簽個名就算啦

登樓——勸君莫上最高梯〔片玉詞〕

在都市負荷最重的左心室
車流人潮都由大動脈西去
唯獨你想望穿天涯
選擇了登樓，而且拒乘電梯
每提腳爬上一級梯階
就得翻越重力的半個引號
當空氣愈澄也漸稀
類似瓦斯被稱為寂寞的
某項成分便愈加濃得欲燃

幸而樓頂的獵獵風聲
化解了這一層危機
然則寒意又從八荒湧至
傳說喜瑪拉雅岌岌如刃
危顫的最高點，甚且
不容雙足同時站立
無需留下隻字遺言
你墜樓輕生，實因確信
那是另一種飛昇

後記

沒想到這輩子會印第二本詩集。愛上文學的時候，曾暗暗盼望能寫出一本詩集、一本散文集和一本短篇小說，那麼今生便可瞑目了。七十二年三月交了詩差之後，的確也努力嘗試其他的文體，好早些擁有另一種能見人的「名片」（不都說所謂詩人算不得作家嗎？），但總覺得那比較像做功課，又大致是把本來擺在心中的想法記錄下來，不像寫詩多無目的地，一路能隨興岔入小徑探險，享受各種意外的欣喜。再者詩又是不能想不寫就不寫的，一些斷句殘簡如不散的幽魂，必得投胎才得安頓，於是抽屜中不覺積疊過百，本來讓季刊慢慢提貨還可以延長詩齡，決心再做一次傻事，就算送給自己四十歲的禮物。

四十而不惑嗎？或許只是近乎麻木，近三年死心地過一種鴕鳥日子，詩已經快變成想寫也寫不出來了。記得有一回颱風大雨後到橋邊逆流而望，忽覺橋會載著我騰空飛往上游，寫詩大約就是如此身未動而心飛翔的境況；但必先移轉心眼的參考座標，把河水看成靜止，橋身方會前進起飛。然而平常水流得慢時，我就不能如女兒一般隨心快速地切換座標，或者不要上橋看水了，束手靜靜地老去吧！

書名「一場雪」也算重溫只借用幾次的化名「雪里」，在「待宵草」的後記中曾一廂情願地以為「白雨即雪」，後來查字典才知「白雨」仍指雨；向來讀詩詞常恨箋注破壞了原先「誤解的樂趣」，未曾親歷一場雪的我，仍願保留那至美的嚮往。

蘇白宇

一九八九年九月

語言文學類　PG2859　秀詩人106

詩敲雪月風花夜
一場雪

作　　者／蘇白宇
責任編輯／孟人玉、廖啟佑
圖文排版／黃莉珊
封面設計／吳咏潔

發 行 人／宋政坤
法律顧問／毛國樑　律師
出版發行／秀威資訊科技股份有限公司
114台北市內湖區瑞光路76巷65號1樓
電話：+886-2-2796-3638　傳真：+886-2-2796-1377
http://www.showwe.com.tw
劃撥帳號／19563868　戶名：秀威資訊科技股份有限公司
讀者服務信箱：service@showwe.com.tw
展售門市／國家書店（松江門市）
104台北市中山區松江路209號1樓
電話：+886-2-2518-0207　傳真：+886-2-2518-0778
網路訂購／秀威網路書店：https://store.showwe.tw
國家網路書店：https://www.govbooks.com.tw

2023年5月　BOD一版
定價：290元

讀者回函卡

國家圖書館出版品預行編目

詩敲雪月風花夜‧一場雪 / 蘇白宇著. -- 一版. --
臺北市 : 秀威資訊科技股份有限公司, 2023.05
面； 公分. -- (語言文學類；PG2859) (秀詩人；106)
BOD版
ISBN 978-626-7187-35-7(平裝)

863.51 111018655